APRES AVOIR SOUFFERT

© 2020, Puel, Camille
Edition : Books on Demand,
12/14 rond-Point des Champs-Elysées, 75008 Paris
Impression : BoD - Books on Demand, Norderstedt, Allemagne
ISBN : 9782322208746
Dépôt légal : mars 2020

« Les histoires se ressemblent.
Et il y a toujours d'autres histoires. Il suffit d'un rien,
parfois, un angélus qui sonne, des êtres se rencontrent,
ils sont là, au même endroit.
Eux qui n'auraient jamais dû se croiser. Qui auraient pu
se croiser et ne pas se voir.
Se croiser et ne rien se dire.
Ils sont là. »

Claudie Gallay, *Les Déferlantes*

J'ai toujours eu une facilité déconcertante à tirer un trait sur des pans tout entiers de ma vie. Sur des gens. Des endroits. Des moments. Je n'ai pas d'attache. Je n'ai pas de cœur. Pas toujours.
Mais la vie déjoue nos plans. C'est ce que j'ai appris. Et une personne, une seule, peut briser l'armure. Alors il est des peines qui demandent un voyage. Un voyage pour se reconstruire. C'est pour cela que j'ai fait mes valises. Et je m'en suis allée. Sans me retourner.

ta peau sur ma peau quand j'ai décidé de partir
et puis ton souffle dans mon cou,
tes lèvres sur ma gorge
mes doigts courent dans tes cheveux
ton cœur contre mon cœur
partout ton odeur
ce que je t'aime.

mais les perles dans le creux de mes yeux,
qui se souviennent de ton sourire tout près du sien
ton sourire contre celui d'une autre
les cils qui presque s'entremêlent
après, mes jambes qui flanchent
– ces lèvres devaient être les nôtres
je ne suis pas sûre de comprendre
je ne suis pas certaine de savoir
mon Amour, comment est-ce qu'on survit à ça ?

à ses joues et tes mains et vos corps et puis moi plantée là ridicule débile et détruite et ruinée je le sens le gouffre qui se creuse à l'intérieur.

Il y a eu après ça mon reflet dans la flaque – c'était un jour de pluie. J'espérais y trouver des réponses. Je continuerai de les chercher.
Ma respiration qui tremble – je ne pense pas être capable de le supporter. Je ne le serai pas. Je ne le serai plus. Mais ça va bien ; ça va toujours.
Je ne sais pas si tu sais que je sais. Je ne sais pas si tu sens. Si tu sens que je suis là. Juste là. Que je vous vois. Je ne pense pas. Mais même si tu savais, je ne crois pas que tu perçoives mon cœur si bousillé. Parce que je ne suis pas tienne – et pourtant si. Et parce que surtout, mon Amour tu n'es pas mien.
Alors, j'ai continué de courir. Toujours tout droit, toujours tout droit.

Je suis passée devant ce bar dans lequel tu m'avais emmenée boire un verre. Mon premier verre. La musique était bonne, la lumière faisait briller ta peau métissée. Notre table était à l'écart de celles des autres, qui nous avaient regardés avec des yeux curieux. Je crois savoir pourquoi. Et tu le sais aussi. Je suis une grande femme. Une femme grande.
Les hommes me regardent. Souvent. Dans la rue, le métro, partout. Ils me sourient. Je n'ai jamais bien compris pourquoi. Je ne crois pas qu'ils se moquent de moi.
Ce jour-là, d'ailleurs comme à chaque fois que tu es à mes côtés, leur regard s'était posé sur moi, puis sur toi.

De nouveau sur moi et puis encore sur toi – il s'assuraient de bien saisir la nature de *nous*. Lorsqu'ils pensaient comprendre, leur sourire se ternissait un peu. Comment pouvais-tu être avec moi ? Mais s'ils savaient – que tu ne l'étais pas.
Tu n'avais pas encore coupé tes cheveux. Je les adorais comme ça. Surtout lorsque tu les coiffais en de jolies boucles souples qui sentaient la vanille. Tu m'avais fait siroter dans ton verre. Je sens encore le liquide chaud qui pétille doucement dans ma gorge et descend et descend et descend tout brûler sur son passage jusqu'au creux de mon ventre.
Ce que je t'aime.

et, mon Amour, je sais
qu'on ne peut pas forcer les gens
à nous aimer
encore moins les forcer à nous aimer
de la façon dont nous le voulons
de la façon dont nous, nous les aimons
alors il s'agit de se recroqueviller,
de laisser les larmes couler à l'intérieur
de les laisser se déverser
dans l'abysse que cela creuse dans le cœur
jusqu'à ce qu'il se referme
– si toutefois c'est possible de guérir de cela.

Je pensais que je n'étais plus capable d'amour véritable. Puis tu es arrivé dans ma vie, sans prévenir, et tu as tout balayé. J'ai aimé avant toi, tu es de vous deux le plus violent. Et ce n'est pas pour autant que j'attends quoi que ce soit. En tout cas pas pour de vrai. J'aurais voulu que l'on s'aime, toi et moi, comme on a, je crois, su le faire. Simplement, en parlant. Mais je sais que souvent la vie contredit ce qui était censé se produire. Ce plan-là n'était pas parfait. Ce n'était d'ailleurs à dire vrai pas même dans mes projets. De te rencontrer. De tomber amoureuse.
Et c'est en ça que c'est beau.

*c'est en ça que tu es bouleversant
tu es arrivé et ma vie n'a plus jamais été la même
tu t'es abattu sur moi et tu as tout ravagé
tu as pris l'ancien livre et l'as brûlé,
en même temps qu'une partie de moi
– tu es une marque indélébile
le poison et l'antidote.*

C'est en m'endormant à tes côtés que mon corps me dérange un peu moins. C'est quand tes yeux, tes mains et tes lèvres et ta langue le parcourent tout entier que je suis heureuse qu'il soit précisément comme il est. Que je suis heureuse d'être qui je suis. D'être celle que je suis quand je suis avec toi. Tu me rends meilleure. Tu m'ouvres les yeux un peu plus chaque jour sur ce que c'est qu'aimer, et rien que pour ça, rien que pour ça mon Amour, j'ai envie d'y croire. A mon amour pour toi. A mon amour pour moi ?

Et je me retrouve à penser à toi dans cet avion.
Je pense à toi. Encore. A toi et à ce soir-là. Tu te souviens ? Ce soir où je t'ai tout dit. J'étais si nerveuse. Nerveuse à cause de l'incertitude de ce que serait ta réaction. De ce que serait ta réponse. J'espérais quelque chose. Je ne m'attendais à rien.
Je connaissais par cœur ce que je m'apprêtais à te dire. J'avais tout répété avec ma sœur. Encore et encore et encore. Des dizaines de fois.
- J'adore notre relation. J'adore être avec toi.
- Mais ?
- Mais le truc c'est que je t'aime. Je t'aime. Et j'en suis arrivée à un point où j'ai besoin de savoir ce que toi tu penses. Parce que je veux pas t'aimer dans le vide.

Il y a eu mon cœur qui se serre. Si fort. Ma gorge qui tremble. Je vais pleurer ? Non non non.
- Tu sais, il faut pas se fier à mes gestes. J'adore ta personnalité, et j'aurai toujours de l'attirance pour toi. J'ai envie qu'on reste proches parce que j'aime notre relation, mais je pense qu'il faut pas que tu espères plus que ce qui se passe déjà parce que je sais pas ce que je veux sentimentalement.
- D'accord. D'accord…

La Terre qui s'est écroulée en-dessous de moi. Mon cœur qui s'est effondré à l'intérieur. Et puis le sel qui a gercé mes joues. Des litres et des litres et des litres.

- Je suis désolé de t'avoir fait croire des choses. Je pensais pas que tu avais des sentiments à ce point. C'est pas ce que je voulais.

J'ai regardé s'écouler la Garonne juste devant nous. Mes mains qui tremblent. Mon ventre qui fond. Mes yeux qui fondent.

- Dis-moi à quoi tu penses.
- A rien.
- Pourquoi tu pleures alors ?
- Je pleure pas. Je t'aime, c'est tout.

Je ne t'ai jamais trouvé aussi beau qu'à ce moment-là. Toi assis à mes côtés, penché sur mon épaule. Tes yeux dans les miens. Mes épaules trop larges. Mes jambes trop longues. Tes yeux dans les miens. Tes yeux dans les miens. Dis-moi ce qui ne va pas chez moi. Pourquoi ? Pourquoi ? Pourquoi mon Amour ?

- D'un côté ça me fait plaisir d'entendre ça mais de l'autre ça me fait du mal, parce que je culpabilise de t'avoir brisé le cœur. D'habitude je m'en fous, mais là je supporte pas de te voir pleurer.

Je me recroqueville dans mon siège. Je pleure de nouveau. En silence, la tête dans l'oreiller.

- Le truc c'est que tu m'as apporté tellement de choses. Tu t'en rends pas compte parce que je t'en ai jamais parlé, mais je t'assure – il y aura une version de moi avant et une version de moi après toi.
- Mais j'ai pas envie que tes sentiments mettent des barrières entre nous. Tu as de l'importance à mes yeux et je veux pas qu'il y ait de toi après moi. Je veux que toi *et* moi ça continue d'exister.

Je t'aime encore. Est-ce qu'on peut crever d'amour ?

mais un grain de sable dans le désert
une goutte d'eau dans l'océan
c'est ce que je suis
ce que je suis dans ta vie
quand toi,
tu es l'ouragan
je suis de la bruine
et toi le déluge
je suis remplaçable
et toi irremplaçable.

Alors je m'enfonce dans mon siège et je pleure de plus belle.
Et c'est cette douleur. Mon Dieu. *La* douleur.

ça tord les tripes
c'est l'agonie qui nous plaque contre le mur
impossible de respirer
c'est ça
ça prend à la gorge
et puis je ne sais me souvenir comment je fais
comment je fais pour vivre sans lui
si tu savais comme je t'aime
si tu savais comme je l'aime
c'est un deuil qui reste encore à faire.
un deuil auquel s'est ajouté le tien
c'est de ça qu'il s'agit
parce que tu m'as défaite de l'agonie
mais m'y replonges aujourd'hui
d'autant plus fort

que tu ne me laisses pas d'autre choix
tu m'abandonnes
comme lui
je suis sous l'eau
je coule
dans un gouffre sans fin
un gouffre dans lequel lui,
et puis toi,
m'avez forcée à plonger
ou alors ce n'est que moi qui m'y suis laissée conduire ?

Toujours est-il que je suis là. Seule. Malheureuse. Malheureuse. Mourante. Je suis partie. Je crois crever.

Quand j'ai atterri à Londres – l'escale avant le départ pour Toronto – j'ai pensé à lui. Dire qu'il y a deux ans, nous étions, lui et moi, tout en haut du London Eye. Il m'avait demandé de l'aimer pour la vie et je lui avais répondu oui. Mille fois je lui aurais dit oui. Une bague, magnifique, sertie d'une perle bleue. Deux ans après et j'ai encore le réflexe de la faire tourner autour de mon doigt. Mais je ne la porte plus depuis qu'on s'est quittés. Depuis que *je* l'ai quitté... Elle est peut-être quelque part, dans sa chambre, ou, qui sait, au doigt d'une autre. Ça me brise le cœur. Ça me brise toute entière.
Ç'avaient probablement été les dix jours les plus merveilleux de ma vie. On visitait main dans la main mes endroits préférés de la ville. On se faisait des promesses que l'on n'a pas tenues. On mangeait tout ce qui nous plaisait. On faisait tellement l'amour. On était deux jeunes âmes qui n'avaient d'yeux l'une que pour l'autre.

Jusqu'à ce que lui s'arrête de m'aimer. D'un coup. Il y a eu cette soirée au restaurant. Et puis tout s'est effondré. Rien n'a plus jamais été pareil. Quelque chose s'est brisé. Quelque chose en moi. Pour toujours. La Terre s'est arrêtée de tourner. J'aurais aimé que le monde s'écroule avec moi ; que les gens autour de moi souffrent comme je souffrais. Souffrent comme je souffre.

je me demande encore
ce qui n'a pas suffi
ce que j'aurais pu faire
ou n'aurais pas dû dire
des mois et des mois que j'ai passés
à pleurer,
à me griffer la peau,
à mordre dans l'oreiller
tant ma douleur était grande
la plaie est encore toute béante
et tu ne m'as pas blessée
autant que lui m'a détruite
– pas encore.

Alors est-ce que, toi aussi, tu vas me faire tout ça ? Est-ce que tu vas me laisser t'aimer, peut-être davantage que ce que je l'aime lui, pour m'abandonner à ton tour, parce que ce que je suis n'est pas assez ?
Je ne veux plus vivre ça. Plus jamais de la vie je ne veux connaitre telle douleur. C'est trop insurmontable. Je n'y survivrai pas. Pas une seconde fois.

Mais, tu sais, dans une histoire, personne n'est tout blanc. Personne. Pas même moi. Alors je me demande si je sais ce que c'est que d'aimer. Je regarde tous ces gens ; qui se séparent, se retrouvent ou partent ensemble. Et je me dis qu'eux le savent. S'aimer à tout prix. Sans se mentir. S'aimer aveuglément. S'aimer véritablement. Est-ce que moi, j'ai déjà su le faire ?

Mon Amour est-ce qu'il est possible d'avoir si peur d'être seul, seul face à soi-même, que l'on est prêt à se replonger dans ses vieux démons ? Alors même que notre cœur est ailleurs. Alors que je me suis tuée à les chasser.

Parce que, tu sais, j'ai cru en crever. De cette douleur qui me lacérait de l'intérieur.

Et me voilà ici, encore mourante mais de *ta* perte, essayant de le récupérer parce que tu n'es plus là.

Parce que j'ai eu cette peur, lancinante, qui chaque jour me torturait, que tu m'abandonnes, tu as fini par m'abandonner. Avec elle. Pour elle.

Et c'est de ma faute. J'aurais pu faire mieux. J'aurais dû faire plus. J'aurais parfois dû faire moins. J'aurais dû accepter ces choses qui m'étaient insupportables. Parce que ça valait mieux que de te perdre, toi. J'aurais dû serrer les dents cette fois aussi.

Parce que maintenant je suis dans cette pièce toute recouverte de miroirs, et je ne veux pas ouvrir les yeux.

21 heures, heure locale, quand j'atterris à Toronto. Je récupère mes bagages. J'attends mon chauffeur. L'aéroport est immense. Le voilà. Il fait noir et la nuit est fraîche. Il dépose ma valise dans le coffre et nous voilà partis en direction de mon nouveau chez-moi.
Des bâtiments immenses s'étendent à perte de vue au loin devant moi. Je suis émerveillée devant tant de démesure. Les immeubles illuminent le ciel éteint du Canada. On avale le bitume, élancés à toute vitesse sur ces routes à quatre voies.
On entre dans la ville. Les buildings qui se dressent à vingt mètres de moi. Les rues qui s'animent juste en dehors de la voiture. C'est merveilleux. Tout à coup la vie est belle et rien n'est grave. Et je me dis, je parviens à me dire que c'est ici que je vais y arriver. Que je vais y arriver. Mes yeux me brûlent encore de chagrin. Mais c'est ici que je vais m'en sortir, la tête hors de l'eau pour toujours.

253 College Street. On y est. Il faut que je me torde le cou pour parvenir à voir le sommet de cet immeuble dans lequel je vais loger. Je remercie le chauffeur, il me salue. Et puis j'ouvre les portes, vitrées et immenses, du paradis.
Le vigile posté à la réception, un petit indien à lunettes, me dit qu'il me faut emprunter les grands escaliers recouverts de moquette grise qui mènent au premier étage. J'y trouverai l'accueil et on s'occupera de moi. Il

m'aide à monter ma grosse valise, et je rencontre alors un homme tout mince aux yeux bleus, l'employé de permanence ce soir-là. Un deuxième homme de sécurité, un grand noir massif aux dents blanches et alignées, est assis à côté de lui. Ils interrompent leur conversation au moment où j'arrive et me reçoivent avec un grand sourire. Ils pensent au début que je suis allemande – mon mètre quatre-vingt-deux y est sans doute pour quelque chose. Ils me disent que mon anglais est excellent et que je risque de me plaire ici. Je n'en doute pas une seule seconde. On enregistre mon arrivée, on me remet les clés de ma chambre. Et je suis dans l'ascenseur, qui m'emmène jusqu'au onzième étage. Chambre 1106C. Quand les portes s'ouvrent, je me retrouve dans un hall, recouvert de la même moquette que celle des escaliers. De grandes fenêtres remplacent les murs blancs à chaque extrémité du couloir. Elles offrent une vue imprenable, l'une sur la ville, l'autre sur la CN Tower.

Il me faut tourner à gauche pour accéder à ma chambre. Une carte magnétique me permet d'ouvrir la porte. Une fois à l'intérieur, je m'étale en étoile sur le grand lit aux draps immaculés.

De nouveau des larmes dévalent sur mes joues.

*je n'aime pas les nuits passées sans toi
je n'aime pas être sans toi
parce que c'est comme si je n'étais plus capable
de me souvenir de qui je suis
mais est-ce que je suis seulement vraiment moi
quand je suis avec toi ?
est-ce que tu me connais
comme il me connaissait ?
est-ce que je te montre
ce que je lui ai montré ?
qui je suis ?*

Je crois qu'une partie de moi s'éteint en même temps qu'une autre s'allume quand tu es à mes côtés. Parce que je m'efface un peu. Beaucoup ?
J'ai toujours adapté mon comportement à ceux que j'aime. Pour leur donner ce qu'ils attendent de moi. Pour ne pas être trop bizarre ou trop normale. Normale. Est-ce que ça veut dire quelque chose au moins ?

J'aurais juste voulu être moi. J'aurais juste voulu être dans l'instant, sans me soucier de savoir si tu partirais ou non. Mais la peur bleue prend toujours le dessus. Et j'ai peur que tu m'abandonnes.
J'ai juste peur. Peur de tout et de rien à la fois. C'est étrange. De moduler la personne que l'on est en fonction de ce qui nous effraie le plus. Et quand on se retrouve seul, dans cette pièce toute recouverte de miroirs,

comment savoir comment se comporter ? Comment être seulement capable d'ouvrir les yeux ? Se regarder en face sans avoir peur. Se regarder en ayant la certitude que l'on connait la personne qui se tient là. Que l'on connait ses attentes.
On ne sait pas.
Alors on comble ce vide par l'autre. On comble le vide. En s'attachant à des personnes qui ne sont pas nécessairement bonnes. Mais ce sont des personnes, qui sont là, qui nous distraient ; qui au moins nous permettent de ne pas tomber dans cet abysse au-dessus duquel nous marchons sur un fil. Alors il s'agit de rester maître de soi, maître de ce qui nous permet de garder l'équilibre. Garder l'équilibre en nous reposant de toutes nos forces sur des épaules pas assez fortes pour supporter tout ce poids que nous trainons avec nous. Mais on ne veut rien balancer ; on veut tout garder parce que c'est à ça que l'on est habitué. Parce que c'est ça qui nous permet de connaitre notre centre de gravité. C'est à ça que l'on se raccroche pour éviter la chute. Et lorsque les épaules flanchent, c'est plus facile de provoquer l'abandon, de provoquer la chute plutôt que d'avoir à tomber soi-même. Parce qu'on est préparé. On est préparé et on est blindé. Assez pour ne pas sombrer. Parce que c'est tout ce qui compte. C'est sur ce fil-là que l'on doit marcher.

Mais et si c'était en tombant que l'on trouvait les réponses ?
C'est ici, à Toronto, que je vais tomber.

Tu me manques tellement mon Amour.
Et il faut que j'accepte de prendre le temps. C'est ce que Maman m'a dit. Que ça prendrait du temps. Mais c'est trop difficile. D'être à vif. A vif et toute nue et que tous ceux qui m'entourent soient au courant. Parce que c'est bien plus simple de faire semblant, de porter ce masque auquel on s'est habitué, plutôt que d'être tout à coup une personne que l'on n'a pas l'habitude d'être.
Pourtant elle était là, quelque part, cachée tout au fond. Elle gueulait en silence. Alors personne ne l'entendait, mais qu'est-ce qu'elle s'égosillait. C'étaient des cris de désespoir. Des larmes qui disent pardon et qui en même temps hurlent à l'aide. Pardon de ne pas y arriver toute seule. Pardon d'avoir besoin d'aide. Mais sortez-moi de là.
Quand le corps devient la prison, on se fait du mal. Le bourreau et la victime. Mon vice à moi, c'est la bouffe. Je suis boulimique. Et anorexique. J'ai tellement honte. Alors que je sais – je ne suis pas certaine –, *je sais* qu'il n'y a pas de honte à avoir. Pas de fierté non plus. Mais ça fait partie de moi. Pas depuis toujours. Mais, tu sais, il y a eu l'échec. Et puis la rupture. Tout s'est abattu sur moi en l'espace de quelques mois. Il faut croire que je n'ai pas supporté. Et les crises ont commencé. Elles s'installent en nous – c'est une gangrène. Un poison dans le poison. Un poison dans l'antidote. Qui va gagner ?

Ma vie se résume à des phases. De bien et de moins bien. Des phases de lutte, des phases d'abandon, des phases de punition – surtout ça. Encore et encore et encore. C'est un calvaire, avant tout une lutte contre soi. C'est à ça que ça ressemble. C'est quelque chose qui s'infiltre dans la tête au fil des semaines, des mois, des années. Et puis ça finit par prendre toute la place. On est obsédé, *obsédé*, par cette envie – par ce besoin – de se remplir. Il ne s'agit que de cela. Se remplir. Ce n'est pas facile à expliquer. Ce n'est pas facile de poser des mots sur ce qui se passe quand la crise nous prend. Quand elle est là, qu'elle nous envahit et pénètre, jusqu'à la moelle, dans chacune des cellules qui font que nous sommes en vie. Qui font que nous sommes encore rationnels. C'est fini.

Je ne la sens pas arriver. Je n'arrive pas à anticiper. Elle me frappe de plein fouet. Elle m'assomme. Et ma vie est un combat du quotidien. Chaque jour est une lutte. Ponctuée çà et là de phases d'abandon – de crise –, et puis de phases de punition – de jeûne, poussé à l'extrême.

C'est quelque chose de plus fort que tout, qui prend le contrôle sur chaque particule de soi. On n'est plus capable de raison. On n'est pas raisonné. On n'est pas raisonnable. C'est une obsession. On est un drogué en manque. Et remplacez la coke par de la farine, le supplice n'est que plus grand. Et il n'existe aucun moyen de contourner ce qui se passe. Aucun. Parce que le cerveau ne fonctionne plus. Il ne le peut plus. Comme si la maladie devenait une entité. Une entité à part entière capable de choisir, d'agir comme bon lui semble. Mais

la maladie vient de soi. Elle est à l'intérieur de nous. A l'intérieur de la tête. Le bourreau et la victime.
Alors il s'agit de lâcher. Je craque. J'abandonne.

***

Pas même une journée que je suis à Toronto. Pas même une journée et elle m'a suivie jusque là. Elle est là. La crise. Je me ronge les ongles. Jusqu'au sang. Ma nuque qui se crispe.
Il pleut dehors. Les routes et les toits sont tout recouverts d'une fine pellicule d'eau qui s'écoule et s'écoule et s'écoule.
Je fixe le soleil qui brille sur la pluie. J'essaie de recouvrer mes esprits. J'essaie de me calmer. J'essaie encore de lutter. J'essaie de toutes mes forces. De lutter, de lutter, de lutter.
Mais il y a un point de non-retour. Un stade au-delà duquel il n'y a plus rien à faire. Aussi fort soit-on, rien rien rien n'est au-dessus de ce qui se prépare.
Alors je dois m'habiller. En vitesse. Une chemise fine sous mon manteau. Je me précipite en dehors de ma chambre. Je prends à peine le temps de saluer le vigile posté à la réception de la résidence en sortant de l'ascenseur.
Je suis dehors. Une centaine de mètres me sépare du magasin que j'ai repéré depuis la fenêtre de ma chambre. Il me suffit de traverser la rue.

Le regard des gens est toujours difficile à appréhender au début. On se demande ce qu'ils vont bien pouvoir penser, jusqu'au jour où on nous explique ce qui nous arrive – je ne suis pas qu'une morfale qui ne pense qu'à bouffer. Je. Suis. Malade.

Toujours est-il que je suis là, j'arpente les rayons de la supérette. J'essaie de trouver quelque chose qui fasse tout vibrer à l'intérieur. Quelque chose qui m'appelle. Je tombe sur le rayon des promotions. Et il y a ces cookies. C'est ça. J'ai chaud. Il y a une tension, qui remonte du fond des tripes jusqu'à la gorge. Quelque chose qui me fait saliver. Je n'ai plus la notion de ce qui est raisonnable et de ce qui ne l'est pas. Je veux juste me remplir. Jusqu'à ce que je n'en puisse plus. Jusqu'à ce que plus rien ne puisse rentrer. Il ne faut pas que j'achète trop peu de choses. Il m'en faut assez. Alors quatre boites de dix devraient suffire. Chocolat blanc, trois chocolats, praliné, tout chocolat. Ce sera tout ? Oui merci.

Il n'y a pas de jugement dans le regard du vendeur. Et ça, ça c'est précieux. Parce qu'on se sent moins ridicule. Parce qu'on se sent moins hors de la norme. On a moins honte.

Je n'attends même pas d'avoir traversé la rue pour ouvrir le premier sachet. Au hasard. Je sautille, je grelotte, je tremble. Mes mains gercées. Mes doigts rongés. Plus rien n'a d'importance, si ce n'est de calmer la douleur. Elle n'est pas physique, mais elle paralyse tout le corps. Elle prend le contrôle de l'esprit. Il n'y a qu'une seule manière de l'apaiser.

Et en l'espace de vingt minutes…

Après ça, ce sont des déferlantes de honte et de haine qui s'abattent sur nous. La honte et la haine. Elles nous frappent de plein fouet et l'on ne peut pas s'en relever.

On ne peut pas se pardonner. Car pourquoi ? Pourquoi j'ai fait ça ? J'aurais pu prendre sur moi. J'aurais dû résister. Je me rue devant le miroir et je vois ce ventre énorme, gonflé, se déployer juste devant moi. Mes joues bouffies, encore luisantes. Mes cuisses se superposent. Le goût de sucre dans la bouche.
Je me dégoûte.
Je me déteste. Je me déteste et rien ni personne ne pourra changer ça.
Pour la peine... eh bien pour la peine, je ne mangerai plus rien. J'arrête. Et c'est à ça que ressemblent les deux jours qui suivent. Je ne saurais dire laquelle des douleurs est la pire. Mais ce que je sais, c'est qu'il y en a que je choisis. Parce que c'est comme ça que je me sens bien. Je ne sais pas faire autrement.

C'est précisément pour ça que je m'épanouis dans le sport. Parce que je peux aller chercher mes limites. Sans cesse les repousser sans jamais les atteindre. Je suis infatigable. Je craque, mais je n'abandonne pas. La douleur qui s'insinue dans les fibres de chacun des muscles. A jeun, bien sûr, c'est encore plus difficile, mais on punit un enfant quand il a fait une bêtise. On envoie les gens en prison quand ils commettent des crimes. Et puis le corps, épuisé, frustré, appelle à l'aide. C'est là que l'avalanche dévale de nouveau dans le cerveau jusqu'à le remplir tout entier. Et encore. Et encore. Et encore.

Ce n'est pas toujours facile d'être dans ma tête. Moi j'aimerais ne pas y être – parfois. Parce qu'il y a des choses que je ne contrôle pas. Il y a un volcan à l'intérieur, une bombe à retardement. Et un jour, tout va péter. Toi avec, quand tu seras sur mon passage.
Je redoute ce moment. Je ne veux pas craquer. Je ne veux pas que tu disparaisses. Alors je fais tout ce qui est en mon pouvoir pour que la mèche se tienne loin du feu qui consume tout là-dedans. Je fais tout, mon Amour, pour voir ces choses que je me suis interdite de voir. Pour voir tout ça et mettre sur pause le décompte. Mais quand on est ébloui depuis des années par ce feu qui grandit en nous – quand on se persuade soi-même que l'on est seul, parce que c'est plus facile de l'être plutôt que de demander de l'aide à ceux qui sont juste là, tout autour, en permanence –, détournez le regard et vos yeux vous brûlent plus encore que lorsqu'ils étaient près des flammes.
Et le temps d'adaptation est trop insupportable. C'est trop difficile d'admettre qu'il y avait juste là des personnes, depuis le tout début, qui nous *aiment*, qui sont là, et qui désespéraient qu'on les voie un jour. Alors j'ai choisi de fermer les yeux. De contourner la douleur – la réalité – parce qu'elle prend toute la place et que ça me fait du mal. De la sentir qui s'écrase sur moi. Et de la voir qui arrache tout. Tout, tout, tout. D'avoir à m'y confronter. M'y confronter quand je ne le veux pas.

alors je ferme les yeux,
j'arrête de respirer
et je m'y noie.

C'est *moi* qui me fais du mal. Encore. Parce que le seul endroit où s'éteignent les flammes, c'est dans l'eau.

le brasier n'existe plus
pour qu'il renaisse
il faut attendre d'en sortir
– de l'eau
attendre et puis que souffle le vent
pour tout pouvoir reconstruire
parfois c'est la tornade
avec chance une douce caresse,
qui ajoute des secondes
– peut-être des heures
– à un temps qui nous est compté.

Je pourrais ne pas rallumer le feu. Profiter de chaque vague pour tout envoyer balader. Pour partir et ne jamais me retourner. Mais j'ai peur mon Amour. J'ai peur de ne pas réussir. J'ai peur d'aller là où mes pieds ne se sont jamais posés. Là où mes yeux n'ont jamais vu. Où mes poumons n'ont jamais respiré.
A côté, j'ai l'habitude de tout ça. Alors le feu ne reste pas éteint bien longtemps une fois redescendue la marée.

et tu sais, c'est là que je suis la plupart du temps
je suis sous l'eau
presque noyée
c'est là que j'ai toujours trouvé ma place

tu as écrit sur ton torse
que sans la pluie
les fleurs n'existent pas
mais mon Amour, moi,
il me faut de l'orage
de l'orage et de la foudre et des éclairs
il me faut la tempête pour pouvoir grandir
j'ai besoin du déluge
je ne prête plus attention à la pluie
je l'oublie
parce que je suis déjà trempée jusqu'à la moelle
– alors qu'est-ce que ça change ?

Ainsi, tu comprends, c'est le feu ou bien c'est l'eau. Les flammes et la glace. Il n'y a pas d'équilibre. Pas de juste mesure. Si ce n'est celle qui se positionne dans l'un ou l'autre des extrêmes.
C'est l'amour ou l'indifférence. La perfection ou rien du tout. L'excellence ou bien l'échec. C'est comme ça.
Et pourtant ce que j'ai échoué. Combien de fois j'ai recommencé. Combien de fois j'ai tout jeté pour repartir à zéro.
Parce que je n'ai pas peur de l'échec.
Et voilà. Une autre partie de moi. C'est à ça que ça ressemble.
Borderline.

Je ne suis pas sûre d'avoir déjà réussi à vraiment faire face à mes problèmes. A les regarder en face et à les affronter comme il se doit. J'ai toujours fait en sorte d'échapper à l'impératif, à toutes ces choses qui me courent après et auraient mérité que je leur donne mon attention. Le passé est trop douloureux, alors je préfère lui tourner le dos plutôt que d'avoir à lui faire face.
Je m'en vais. Je m'enfuis. C'est comme ça que je fonctionne. C'est aussi pour ça que je suis là.

Alors je suis encore en colère contre des gens qui ne pensent même plus à moi. Contre des gens qui ont tout oublié de mon existence. Qui ont tout oublié de ce qu'ils m'avaient fait. Et je sais, *je sais* que ça n'a pas de sens. D'en vouloir encore à quelqu'un des années et des années après. Mais je suis marquée au fer rouge. Je ne peux pas à passer à autre chose. J'en suis incapable. Parce que c'est à cause de mots comme ceux-là que j'en suis là. C'est à cause de ce garçon, et de ceux qui l'ont remplacé après, que je cultive cette haine de moi aujourd'hui.
Car on devrait ne jamais oublier que les mots ont un poids. Un poids dans le cœur. Dans la tête. Un poids dans la mémoire. Je mentirais si je disais que je suis irréprochable. Mais je sais la douleur du harcèlement. Je la connais. Et chaque mot, déplacé, maladroit, me ramène à ce temps-là. Et la douleur est tout aussi aigue. C'est une plaie, un cancer qui lentement me ronge les os.

2007

J'ai huit ans. Je suis en CE2. Je suis toute seule à la récré. Assise sur le muret de la cour. J'attends que le temps passe. Il y a ce garçon dans ma classe qui se moque de moi. Et tous les jours, à la récré du matin, il vient me voir avec tous ses copains pour me dire que je suis grosse. Quand j'étais plus petite, je ne comprenais pas. Et puis j'ai grandi. Je sais ce que ça veut dire d'avoir un corps. Je sais qu'il y a des gens beaux et des gens moches. Moi, je suis moche. C'est ce qu'on me dit. A chaque récré du matin. Je ne réponds rien. Je regarde mes pieds et j'attends qu'ils s'en aillent. Ça les fait rigoler. Je ne comprends pas pourquoi.

Et puis le soir, quand je rentre à la maison, je cours piquer des gâteaux rangés dans la grande armoire de papy. Je ne l'ai jamais connu, mon papy. Mais je sais que c'était un bonhomme très rigolo. Maman l'aimait très fort. Il ne faut pas qu'elle découvre ce que je suis en train de faire. Alors je me jette sur le canapé, je fourre ma tête dans l'oreiller, et je mange comme je peux les trois biscuits que je viens de voler.

Quand Papa et Maman me demandent comment s'est passé l'école, je réponds toujours que ça s'est bien passé. Je raconte toutes ces choses que j'ai apprises, parce que j'adore apprendre. Et je suis plutôt douée pour ça. Très douée même. Mais je ne parle pas du méchant garçon. Je ne sais pas trop pourquoi.

Et quand la nuit tombe, qu'il est temps d'aller se coucher, Maman me borde toujours en me disant à quel point elle m'aime. Elle me chante cette chanson qu'elle a inventée exprès pour moi. Elle branche ma veilleuse et puis elle s'en va. Elle redescend au salon avec Papa. J'attends toujours un petit moment avant de redescendre en pleurant. Je fais des pas tout doux dans les escaliers pour que personne ne m'entende. Il ne faut pas que je réveille ma petite sœur et mon petit frère. Mais mes chevilles craquent. Elles résonnent presque dans le silence de ma grande maison. Une fois arrivée en bas, je remonte le grand couloir qui va jusqu'au salon. Je passe ma tête derrière l'encadrement de la porte. Je peux les apercevoir derrière les carreaux. Ils sont là. Le canapé est dos à moi. Ils sont lovés dans les bras l'un de l'autre. Je voudrais aller me blottir tout contre eux. Avoir une épaule pour essuyer mes larmes. Mais j'ai peur. Je ne veux pas qu'ils me grondent. Je ne veux pas qu'ils me demandent ce qui ne va pas. Qu'est-ce que je pourrais bien leur répondre ? Alors je m'assois là, en tailleur, derrière la porte. J'ai mon doudou serré tout contre moi. Je les regarde et j'attends. D'avoir un peu moins mal. D'être un peu moins triste pour retourner dans ma chambre en courant.

Et puis après, quand on a changé de maison, tout ça se répétait. Mais Papa et Maman n'étaient plus au salon. J'étais plus grande et rien ne changeait. Alors je descendais sans faire de bruit par l'échelle de mon lit en hauteur. J'ouvrais tout doucement la porte de ma chambre. Je remontais le couloir jusqu'à la leur. Et là, je m'arrêtais. Je collais mon oreille contre la porte pour les écouter respirer. Il est tard. Toute la maison dort. Je voudrais encore aller me blottir tout contre eux. Avoir une épaule pour essuyer mes larmes. Mais j'ai toujours peur. Je ne veux pas qu'ils me grondent. Je ne veux pas qu'ils me demandent ce qui ne va pas. Je n'ai pas envie d'en parler. Je toque. De tout petits coups que l'on entend à peine dans le silence. Pas de réponse. Alors je m'assois là, en tailleur, derrière la porte. J'ai mon doudou serré tout contre moi. Je les écoute et j'attends. D'avoir un peu moins mal. D'être un peu moins triste pour retourner dans ma chambre en courant.

Il suffit parfois d'une rencontre. Une rencontre pour tout faire basculer. Pour réaliser enfin qu'il est temps de tourner la page. Qu'il est temps d'enterrer cette version de soi pour en découvrir une nouvelle. Une version meilleure. Pour ne plus avoir peur d'ouvrir les yeux.

Et c'est peut-être entourée de tous ces inconnus venus des quatre coins du monde que j'ai commencé à me dire qu'il existe quelque part, je ne sais où, quelque chose de meilleur que ce que je me suis offert jusqu'à présent.

On est là, tous ensemble, on pagaie – ou on essaie – sur le Lake Ontario. Le regard des gens n'est pas dans ma tête. Pas plus que ce qu'ils peuvent penser de moi. Parce que je me sens à ma place. Je suis dans l'instant. C'est tout. Je suis là et c'est tellement bon. De se sentir libre. Pas de peur. Je n'ai pas peur. Je n'ai plus peur. Et il y a quelque chose d'extraordinaire dans ce tout petit moment.

Pour la première fois je suis fière de moi. Pour la première fois je suis heureuse. Pleinement. Heureuse d'être là où je suis. Heureuse d'y être avec ceux qui m'accompagnent – des inconnus. Des gens que je ne reverrai probablement jamais. Mais on est là tous ensemble. Et c'est tout ce qui compte, pas vrai ? C'est tout ce qui compte.

Il n'y a pas non plus la question de l'après. Parce que ça n'existe pas encore. Parce qu'on a tout le temps pour y penser. *On a tout le temps*.

***

On a fini cet après-midi dans les jardins de l'Université de Toronto. Il fait bon. On s'est tous acheté un chocolat chaud de chez *Tommy's* sur le chemin. Des gens rencontrés au canoë se sont invités. Des Brésiliens. Giovana les avait tout de suite repérés. Elle est Brésilienne, elle aussi. Alors je ne les connais pas. Je ne les connais pas et je dois *parler*. Avec des inconnus. Je ne réfléchis pas. Et pourtant j'y arrive. Et je ris. Je ris encore et je fais rire. Est-ce que c'est tout le temps comme ça que ça se passe ?
Je suis là. Je regarde tous ces gens. Et je me dis que si le bonheur devait exister, c'est à quelque chose comme ça qu'il devrait ressembler.
Parce que Toronto me rend libre. Parce que j'aurais aimé être comme ça. Être comme ça tout le temps. Même en France – surtout en France. J'aurais aimé que tu me voies comme ça. Que Maman me voie comme ça aussi. J'aurais aimé prendre cette version de moi et l'enfermer à double tour pour qu'enfin ma vie puisse changer. Parce que celle que je suis ici, mon Amour…
Celle que je suis ici…

il y a un an,
jour pour jour
j'étais dans tes bras
je ne t'aimais pas tout à fait
pas comme je t'aime aujourd'hui
désormais je me demande
comment suis-je censée
faire autrement
quand tes yeux se posent sur moi ?
comment suis-je censée
ne pas t'aimer plus fort encore ?
et quand tu mords ma peau
tes dents contre ma gorge
ton bassin contre mes fesses
et puis tes doigts au creux de mes reins
moi sur toi
toi dans moi
– contre ma langue ;
entre mes cuisses
la transpiration entre mes omoplates
mes yeux contre toi
mes yeux dans les tiens
avec toi, j'apprends à aimer
j'apprends à m'aimer.

Ça fait partie de ces choses que je ressens pour toi. Ces choses qui me font vibrer. Ces choses qui me rendent vivante. Et ça me dépasse. C'est plus fort que moi.

Parfois c'est réciproque, parfois ça ne l'est pas. Je ne te suis pas toujours. Et j'en veux au monde entier que ça se passe comme ça. Parce que tu m'as laissée tomber. Tu m'as laissée t'aimer. Tu m'as laissée t'aimer tout en sachant que toi, toi tu ne m'aimes pas en retour. Et ça me tue.
D'avoir tout fait et que ça ne suffise pas. Je ne te suffis pas. Je ne suffis jamais.
Alors j'aurais aimé que tu me laisses une chance. Que tu *nous* laisses une chance.
J'aurais aimé que tu me voies. Que tu me voies pour de vrai.
J'aurais aimé que tous tes mots aient dans ta bouche le même sens que dans la mienne. Mais dans mes rêves, on est tous les deux. Ensemble. Dans tous les mondes. Dans cette vie et puis dans celles d'après. Tu tiens ma main et tu ne la lâches pas. Jamais. C'est tout ce que je demande. Ça me tue de t'aimer, si tu savais. J'ai pourtant essayé. De me rendre à l'évidence. De renoncer. De passer à autre chose. Seulement, il est des choses que l'on ne contrôle pas. Et c'est ça que j'aime avec toi. Je ne sais pas ce que demain me réserve. Mais reste. Je t'en prie. Reste. Reste. Ne m'abandonne pas.

***

C'est la fête tout autour de moi. La musique tape fort dans mes oreilles. Une nouvelle fois je me trouve là où je n'ai jamais été. Et j'arrive à m'adapter. Encore. Ce n'est pas insurmontable. Ce n'est pas infaisable.
Tout le monde danse. Tout le monde s'amuse. Je ne sais pas si je m'amuse moi aussi. Mais ce que je sais, c'est

que je me sens bien. Je me sens bien parce que je goûte à l'inconnu. Il y a toutes ces filles qui se déhanchent. C'est magnifique. Je me dis que je voudrais m'aimer assez pour savoir faire ça moi aussi.

Et c'est pour ça que je vais rentrer. Pour essayer. Essayer de me pardonner. De vivre avec.
Essayer de m'aimer.

Il est trois heures du matin quand on sort de la boîte. Je décolle dans douze heures. On finit la nuit sur le Queen's Quay. La lune est pleine. Elle brille sur l'eau. Des milliers d'étoiles rebondissent sur la surface. Comme si elles dansaient elles aussi. Elles se mêlent à la bruine qui tourbillonne tout autour de nous. C'est ma dernière soirée ici. Et elle n'aurait pas pu être plus belle. Elle aurait été parfaite si tu avais été là. Si tu avais été là et m'avais regardée comme ce soir-là. Cette nuit, où tu m'as dit que tu étais amoureux de moi. Ça. Ça je m'en souviendrai même après ma mort.

Je m'en souviendrai comme je me souviens de cette journée. De ce jour où il m'a dit qu'il était amoureux de moi lui aussi. Juste après que moi je sois tombée amoureuse de lui. Il y avait tous ces gens autour de nous. Il a suffi qu'il pose ses lèvres sur les miennes pour la première fois, et je n'en suis jamais revenue. Je me suis fracassée. Je me souviens de mon cœur qui battait à tout rompre. Je me souviens des larmes qui me sont montées.

parce qu'il y a cet instant où tout bascule
lentement mais pourtant si vite
pour la vie
il suffit d'un instant
et tout prend du sens
et c'est la vie qui réside dans cette personne-là
juste elle
pour l'éternité.

C'est ce que l'on croit.

Car je serai avec *toi*, dans ce lit, cinq ans après. Parce que lui et moi c'est fini. Qui l'aurait cru ? Que ça se finirait un jour ? Que ça se finirait comme ça ? Pas moi. Ça non.
Et pourtant je suis là, à Toronto. Et c'est à toi que je pense lors de ma dernière nuit. Parce que maintenant, c'est toi. C'est avec toi que je me revois.
Ce sont tes yeux que je regrette. Tes yeux de ce soir-là. Des yeux d'*amour*. Sans aucun doute. Toi aussi tu es amoureux de moi. Et je t'aime à en crever. Mon Amour, ce que je t'aime.

20 Décembre 2018

La première fois que je t'ai vu, le soleil tapait fort contre les vitres du restaurant. Il te fallait remettre du lait dans la machine. Les premières fois sont toujours les plus délicates. Alors je me suis proposée pour te montrer. La poche glissait, elle était souple et j'étais nerveuse. Les clients commençaient à s'agglutiner dans le hall, devant les caisses. Les files d'attente s'allongeaient derrière les bornes. J'ai décapsulé la poche. Je sentais mes mains transpirer dans les gants en plastique. Tu as soulevé le couvercle en tâtonnant au hasard devant toi au-dessus de tes épaules. J'aurais dû sentir la catastrophe arriver. J'avais fait ça des dizaines et des dizaines de fois. Toujours les mêmes gestes, un peu comme partout ici. Mais il a suffi que tu sois là pour que je peine à me souvenir comment mettre un pied devant l'autre. Alors pas étonnant que le lait ait atterri partout, absolument partout, sauf dans la machine, que je surplombais pourtant assez pour que ce genre de maladresse ne m'arrive pas. Pas à moi. Heureusement que ta casquette protégeait ton visage. Je me suis confondue en excuses. Tu m'as regardée, avec cette moue que je connais maintenant par cœur, et on a éclaté de rire.
C'est comme ça que ça a commencé, toi et moi.

23 Novembre 2019

Les rôles sont inversés mais je ne t'abandonnerai pas. Je vais être présent à tes côtés et je ferai tout ce qui est en mon pouvoir pour que tu ailles mieux. Tu pourras toujours compter sur moi !

Tu te souviens ?
La prison et maintenant la clinique – la mienne de prison.

le suicide dans ma tête
la descente aux enfers
mes larmes sur l'oreiller
les tiennes sur le papier
elles coulent sur l'encre encore fraîche
comme ton parfum
pour que je ne t'oublie pas
pour que j'aie ici un peu de toi
avec moi
mais mon Amour,
comment pourrais-je t'oublier ?

Tu vas venir aujourd'hui. Quarante-sept jours sans toi. Et puis te voilà dans l'angle de la porte. Tu es là. Tu es là. Tu es là.

il y a eu nos sourires
tes lèvres de nouveau tout près des miennes
nos cœurs battent à l'unisson
on ne s'est jamais quittés.

Je ne sais pas si j'ai vraiment envie de parler de ça. Si j'ai vraiment envie de laisser comme trace celle de quelqu'un de faillible. Celle de quelqu'un d'humain.
Je crois qu'il y a des choses qui m'appartiennent, et puis d'autres qui t'appartiennent à toi aussi. Et une histoire si belle, *si belle* mon Amour, n'est que plus belle encore lorsqu'elle n'est pas livrée toute entière. Alors tu étais là. Pour de vrai. Ce jour-là, et puis celui d'après aussi. Chaque lendemain, au téléphone.
Et puis à la sortie, ta chaleur dans mes bras. Ta chaleur tout au creux de moi.
Ce que je t'aime.

***

J'ai décidé de tout arrêter mais je ne le peux pas. Je n'y parviendrai pas alors, je t'en supplie, ne m'abandonne pas. Je ne sais plus à quoi ressemble une vie sans toi et je ne veux pas m'en souvenir. Mais il le faut. Il le faut. Je me le dois.
Je t'aime encore. Mais il y a ton absence. Tes mots qui me lacèrent à l'intérieur.
Moi j'y ai cru. J'ai pensé que je pourrais être à ta hauteur. Que tu pourrais vouloir de moi.
Et ce que je te déteste. Pour m'infliger ça. C'est presque insupportable. Pourtant ce n'est pas ailleurs que dans tes bras que j'ai envie de sécher mes larmes. Je ne veux entendre aucune autre voix que la tienne pour m'assurer

que tout ira bien. Que tout va bien. Ce n'est pas dans d'autres yeux que je veux me perdre. Ton ébène à toi. Et puis tes cils interminables.

8 Juin 2019

Un mois et six jours que tu es entré en prison. Facile de m'en souvenir – tu as disparu le jour de l'anniversaire de mon père. J'ai fini par te trouver. Tu étais *époustouflé* par mes talents d'enquêtrice. Ce sont les premiers mots que tu as prononcés la première fois que tu m'as appelée. J'ai fait tous les papiers, comme promis. Je vais venir te voir. Je crois que ça te fait vraiment plaisir. Je ne sais pas ce que tu as fait, mais ça m'est égal. Tu n'y restes pas longtemps. Trois mois. Ça ne peut pas être si grave. Je veux être là pour toi. Je ne t'abandonnerai pas.
Tu m'as demandé de récupérer un sac pour toi. Des vêtements, rien d'illégal, si ça me rassure. Est-ce que j'ai passé au peigne fin chaque pli de chaque bout de tissu ? Bien sûr que oui. Si tu étais en prison, rien ne t'empêchait de me sacrifier pour faire rentrer de la drogue. Des lames de rasoir. De la bouffe. Un téléphone. Je me suis méfiée. Parce qu'il y a de toute évidence des parts de toi que je ne connais pas.

Il est minuit, je suis assise sur un banc. J'attends que le numéro que tu m'as donné me rappelle. C'est le jour de la marche des fiertés. La ville grouille de monde. De monde qui s'aime. Tous, même ceux qui n'arrivent pas à le dire, célèbrent l'amour ce jour-là. Ça m'a fait penser à toi. Et je me suis dit que bon sang, ça y est, je suis foutue. J'ai basculé de l'autre côté. Pourtant je t'assure que j'ai tout fait pour me protéger. J'ai tout fait pour ne pas flancher, pour ne pas céder. Mais il a fallu que l'on se voit ce soir-là. J'ai oublié la date. Pourtant, les dates, c'est important. Pour quelle raison ? Aucune idée. Mais ça l'est, c'est indéniable.

Ce soir-là, donc, tu étais en retard. Je t'attendais dans le hall d'entrée du cinéma. Je portais cette robe satinée et ma paire de Doc préférée. J'avais aussi ce long manteau brun qui descendait jusqu'au bas de mon mollet. Ou alors je portais ma veste en jean ? Ou mon gros manteau en simili cuir, doublé à l'intérieur avec de la fausse fourrure ?
Tu portais ce gilet kaki. Je t'ai vu arriver derrière les grandes portes teintées. Tu avais encore ton casque de moto sur la tête. Tu as ouvert la porte. Et c'est là. Là. Tu as posé un pied à l'intérieur du cinéma. Le temps a ralenti. Chaque seconde s'est décuplée en des centaines de milliers d'heures. Tu t'es penché en avant pour enlever ton casque. Tu continuais de marcher. Puis tu as balancé la tête en arrière. Tes cheveux qui se sont dressés, hirsutes, au-dessus de toi. Ton sourire. Ton sourire. Ton sourire. Mon cœur. Mon Dieu. Ça fond. Ça coule. Et puis tes yeux et ta barbe et tes mains sur ce casque et ta démarche et ton regard. Je suis tombée amoureuse. A cet instant précis je me suis écroulée pour de bon. Fracassée. Au milieu de tous ces gens. A cinq mètres de toi. Ici et maintenant. Tu as brisé en moi la mer gelée. Ce soir-là. Comme ça. Si simplement.
Ce que je t'aime.

Je t'aime et j'attends. J'attends qu'on m'appelle. Ah. Enfin. Oui, je serai là. D'accord, devant la station de métro. Pas de problème. A tout de suite.
Devant la station de métro, dans dix minutes. Je marche lentement. Il ne me reste pas beaucoup de chemin à faire. Je mets la capuche de mon pull préféré par-dessus mon chignon – j'ai gardé mes cheveux gras pour pouvoir les laver demain matin, juste avant de venir te voir. Ça n'empêche pas les gens de me regarder. Trois personnes m'abordent ce soir-là. Mais non, je ne veux pas faire connaissance. Oui j'en suis sûre. Non, on ne pourra pas s'appeler. Merci, c'est gentil. Au revoir. Oui. Au revoir. Une minute. C'est à peu près le temps que ça nous a pris, à ton ami et à moi, pour qu'il me donne le sac. Salut. Bonne soirée à toi aussi. Fin. Je suis rentrée comme ça, le sac à la main, à sept heures de toi.
Je n'ai pas dormi de la nuit. Mille fois mon cœur a comme transpercé ma poitrine.

9 Juin 2019

Six heures trente. C'est le grand matin. Je n'ai pas fermé l'œil. Et pourtant, je suis belle aujourd'hui. De toute façon, je ne suis pas fatiguée. J'ai décalé mon cycle de shampooing. C'est ça l'amour. Les filles comprendront de quoi il s'agit. Le cycle de shampooing. Pour que tu gardes de moi un souvenir impérissable si cette fois devait être la dernière.
Le sac sent la weed. J'ai replié tes affaires tant bien que mal, j'espère qu'elles ne seront pas froissées. Il y a, cachée dans l'une de tes casquettes, la liste de tout ce qu'il y a à l'intérieur. Shorts. Casquettes. Claquettes. Baskets. T-shirt. Serviettes. Jogging. J'ai voulu mettre un peu de mon parfum quelque part. Sur un haut, je ne sais pas. Je ne l'ai pas fait. Après tout, à peine sept mois que l'on se connaît. Je t'aime déjà, mais et toi alors ? Non non non. Tant pis, pas de parfum.
J'ai acheté il y a quelques semaines un exfoliant pour le visage. Ça rend la peau lisse, si douce, comme celle d'un bébé. Inutile de te dire que je m'en suis servie ce matin-là. Il fallait que je sois parfaite. Je ne voulais pas te décevoir. Et ça rend la tâche un peu plus aisée que de se sentir désirable lorsque l'on n'est pas certaine de savoir comment se comporter. C'est vrai, non pas qu'un mois sans se voir soit démesurément long – bien que de mon côté... Mais tu étais en *prison*. Et Dieu sait combien la

prison change un homme. Même toi, elle peut te changer.
Elle t'aura changé.
Je suis prête. J'ai même mis du mascara. Du baume à lèvres aussi – je ne sais pas si on va s'embrasser ou non. Je porte une robe que je viens d'acheter. Elle est grise, cintrée à la taille par une ceinture assortie, fermée tout de son long par de gros boutons noirs. Une nouvelle fois, ma paire de Doc. Du parfum dans mon cou. Mes cheveux sentent l'abricot. Je suis prête.

***

Mes pieds transpirent dans mes chaussures. Mes mains tremblent sur le volant. Trois minutes – un rond-point, tourner à droite, puis légèrement à gauche. Et là. Là, la prison. Comme dans les films. Je me gare. Devant moi d'immenses blocs de béton gris sécurisés par des barbelés, des grilles, des barbelés. Hauts d'une dizaine de mètres peut-être. A ma droite, un bâtiment, plus sympathique et dont tout l'un des murs extérieurs est bordé par des casiers. L'accueil des familles.
Grande inspiration. A quinze minutes de toi. A cinquante mètres de toi. Tu es là, quelque part, derrière ces murs. Je ne sais pas à quoi m'attendre. Je ne sais pas ce que je fais ici. Et puis ce foutu sac. Est-ce que je vais vraiment faire ça ? Prendre le risque de me retrouver de l'autre côté, moi aussi. C'est bête, je sais, mais tout ça me tombe dessus et je m'attends à tout. A tout mais surtout à n'importe quoi.
D'autres personnes arrivent. Je me sens ridicule parce que j'ai l'air tout endimanché à côté d'elles. Mais je m'en fiche. Je ne pense qu'à toi. Un gardien nous ouvre

la grille. On entre toutes les quatre, chacune notre tour. Je suis la première. Face à nous, le bureau des gardiens, précédé par l'une de ces machines de contrôle qu'il y a dans les aéroports. A droite, une porte de contrôle. C'est silencieux. Un silence lourd, excitant. C'est étrange.

Le gardien est gentil. Il nous demande à chacune notre pièce d'identité ainsi que le nom du détenu auquel nous venons rendre visite. J'ai dit ton nom. A voix basse, comme si personne ne devait savoir que tu étais là. Quand il a vu le sac, il m'a demandé si j'étais passée par l'accueil. Je lui ai répondu que non. Il m'a dit qu'il me fallait le faire mais que ce n'était pas grave, qu'il avait un exemplaire de la feuille à remplir avec lui.

Mes mains moites, le cœur qui tremble. Il fallait que je fasse vite.

J'ai fait aussi rapidement que possible l'inventaire de tout ce qu'il y avait dans le sac. J'ai dû enlever les serviettes, une casquette, tes claquettes, un short et un T-shirt – le nombre en était limité. J'ai tout fourré dans l'un des casiers qui se trouvaient à gauche du vestibule. Je n'ai même pas pris le temps de le refermer.

Les gouttes de sueur qui perlent sur mon front. Sur mes tempes.

Pendant qu'un autre des gardiens fait passer le sac sur le tapis de contrôle, je passe la porte. Rien à signaler, je n'ai pas sonné. Le sac non plus. Le sac non plus. La gardienne qui m'attendait de l'autre côté m'a dit que le sac restait là, qu'ils te le donneraient lorsque tu sortirais du parloir. *Très bien. J'ai fait ma part du boulot. Laissez-moi le voir.*

Elle me fait signe d'entrer dans la pièce qui se trouve juste en face de la porte de contrôle. Je vois que les autres femmes sont déjà installées à l'intérieur. Chacune à l'une des quatre tables rondes en plastique éparpillées au hasard dans la pièce. Je prends celle qui reste.

Ma mâchoire qui tremble. Mes yeux qui me piquent. Je vais pleurer ? Non non non. Grande inspiration. Puis le cliquetis des clés dans la serrure. La poignée qui se baisse. Ils arrivent.
Tu entres le dernier. Tu es là. Ton sourire. Ton sourire. Ton sourire. Mon cœur. Mon Dieu. Ça fond. Ça coule. Tu me serres dans tes bras. Fort. Je m'écroule de nouveau. Une seconde fois la Terre s'arrête de tourner. Ce que je t'aime.

Août 2019

Il y a des moments qui, je crois, restent gravés dans la mémoire. Maman dit qu'on est toujours plus fort après avoir souffert. On sait la douleur, on sait que ça peut aller mal, on sait *comment* ça peut aller mal. Mais, Maman, comment est-ce qu'on survit à ça ?
J'ai toujours cru qu'il me suffirait de serrer les dents, de fermer les yeux très fort et attendre que ça passe. On n'a aucune idée d'à quel point on souffre, jusqu'à cet instant, cette fracture dans la vie. Cette fracture dans la tête. Nos limites nous éclatent au visage. On ne peut plus bouger. On ne peut plus penser – si ce n'est à ce que bordel ça fait mal.
Et toi ? Comment tu as survécu ?

J'ignore encore la manière dont me souvenir que la vie vaut la peine d'être vécue. Elle vaut la peine de sombrer dans la folie pour que tous, tous vous m'aidiez à remonter à la surface. Au moins quelques secondes. Juste le temps de se dire je t'aime.
Aidez-moi.

J'étais dans mon lit. C'était cette nuit-là. La pluie tapait si fort sur les vitres.
J'ai peur, Maman. Que tu m'abandonnes. De frapper à ta porte et que tu ne viennes pas m'ouvrir. De crier à l'aide. De crier à l'aide et que tu ne m'entendes pas. J'ai

peur de la vie. J'ai peur de moi. De ne pas être à la hauteur. Mes rêves n'existent plus. Il n'y a rien dans ma tête. Et pourtant elle va exploser.

Elle va exploser Maman parce que la vie est insurmontable et que je n'y arriverai jamais je n'arriverai jamais jamais jamais à être à la hauteur de ce que je veux être à accomplir des choses qui me rendent fière de moi et qui te rendent fière de moi à savoir qui je suis et comment me comporter dans un monde qui ne veut pas de moi.

Maman aide-moi. Ne me laisse pas sombrer. Je te le demande, pour la première fois de ma vie – prends ma main et ne la lâche jamais. J'ai peur de la vie sans toi.

Mais, non, laisse-moi partir. Je t'assure que tout ira mieux.

Tout va mieux, Maman. Parce que je n'ai plus mal et que je n'ai plus peur. Je n'étais pas faite pour tout ça. Et ce n'est pas grave. C'est mieux comme ça. C'est mieux comme ça. C'est mieux pour moi. C'est mieux pour toi. C'est mieux pour toi ? Maman ?

Tout disparaît. Plus rien n'existe. Plus de rêves. Plus d'espoir. Plus de force. Plus rien. Que la douleur. Et je suis toute seule. Toute seule et dans ce lit tellement immense. J'ai chaud et j'ai froid.

Et puis je vous vois. Papa et toi. Je vous entends défoncer la porte de mon appartement. J'entends vos respirations quand la mienne n'est plus là. Parce que je suis morte. Je suis morte et vous allez me trouver. Vous me trouvez. Je vous sens qui vous écroulez à mon chevet. Vos genoux dans mon sang. Je ne sais pas si ma peau est encore chaude. Si. Si, elle l'est. Parce que,

Maman, je t'ai appelée pendant que je me taillais les veines. Mais le sang s'écoule plus vite, plus vite que le temps qui vous séparait de moi. Papa me secoue comme un fou. Toi et lui, vous hurlez. Vous gueulez au pied de ma tombe.
Je vais bien. Ce n'est pas grave. C'est mieux comme ça. Tout va bien.
Vous ne m'entendez pas. Vous ne le pouvez pas et ne le pourrez jamais plus. Et ça. C'est ça qui me tue, bien plus que tout le reste. Ma douleur qui ne s'en va pas. Ma douleur qui ne fait que devenir vôtre. C'est moi qui vous poignarderais. C'est moi qui vous tuerais. Tous, jusqu'au dernier. Et c'est précisément pour cette raison que je ne suis pas morte. Je ne suis pas morte et je ne le serai jamais.
Je vous aime davantage que ce que je me déteste.

9 Juillet 2019

C'est ce jour-là que tout aurait dû se finir. Mais je t'aime et c'est plus fort que moi.
Parce qu'on se raccroche toujours à ces petits moments. A des excuses. A ce que l'on voudrait que la personne soit. On a tous envie d'être aimé par quelqu'un, que l'histoire fonctionne. Mais une histoire d'amour ne vaut la peine d'être vécue que s'il s'agit d'une histoire d'amour.
Ce n'était pas ça.

Alors, Maman, il ne m'a pas envoyé de message. Il ne m'a pas appelée. Rien du tout, pas un seul signe de vie. Il est pourtant sorti hier. Peut-être qu'ils ne l'ont finalement pas libéré. Peut-être qu'ils l'ont gardé et que je vais devoir y retourner.
Mais non. Non ce n'est pas ça, Maman.
C'est bien plus simple. Simple mais décevant. Prévisible. Si prévisible.
C'est à ça que j'aurais dû m'attendre – à rien. A rien d'autre.
C'est vrai que j'aurais pu le lui dire en face. Le suçon. Parce que c'est la première chose que j'ai vue quand il est arrivé. Mais pas ça. Non. Pas lui.
Les larmes qui montent. Ma gorge qui tremble. La colère et l'humiliation. Une fois de plus. Non. Pas maintenant. Pas lui.

Et *j'ai* chuté dans son estime, Maman. Bien bas. Parce que je n'ai pas eu le courage de lui en parler en face. Alors j'ai rejoué tout le film dans ma tête. Tout ce temps que j'ai passé à te mentir. A te cacher la vérité parce qu'elle n'était pas belle. Pour lui. Parce que je voulais être présente. Parce que je ne voulais pas l'abandonner, Maman. Je t'ai menti. Je t'ai menti pour aller en prison. Et tu sais, j'ai été la seule. De toutes ces filles qui l'ont sucé après, j'ai été là avant ; et pendant ; et puis encore après aussi. Il sait jouer. Il sait s'y prendre. Mais moi. Et moi ?

Moi, j'ai été la seule à aller là-bas, chaque semaine. Il n'était pas toujours gentil. Mais, sans rien dire, j'ai été la seule à continuer de l'aimer. Je revenais. Toujours. Jusqu'au dernier jour. Pour ce qu'il était. Pour *tout* ce qu'il était. Tout en sachant combien il était cassé. Même avec les parties les plus sombres de lui.

Mais de nous deux c'est lui qui est déçu. Et c'est elles qu'il va voir. Pas moi. Pas un seul message. Pas moi, Maman.

Est-ce qu'il en valait la peine ? Alors, est-ce qu'il en valait la peine ?

4 Août 2019

J'ai reçu 24 lettres en 2 mois, j'appelais 10 personnes différentes par semaine. Donc arrête de croire que tu étais la seule présente « quand j'avais de vraies emmerdes ». Certes, tu es venue me voir au parloir et je t'en suis reconnaissant mais ne transforme pas mes propos. Je ne t'ai appelée qu'une seule fois pour te dire que ça m'avait fait plaisir de te voir. Je ne t'ai jamais rien dit d'autre. Je ne te demandais pas de revenir chaque semaine, c'est toi qui le voulais. Jamais je ne t'ai demandé de revenir au parloir, donc n'exagère pas quand tu dis que j'étais bien content que tu ne me laisses pas tout seul. Ça se voit que t'as juste besoin de te rassurer sur certains points pour ne pas admettre que j'en avais juste rien à foutre de toi pendant tout ce temps. Alors garde ton analyse pour tes copines et réconforte-toi comme t'as envie, mais ne m'oblige pas à lire tes conneries. Bref, j'ai l'impression de parler à une enfant, t'es trop prise de tête.

Oui je suis prise de tête et toi t'es un putain de lâche. Plus de neuf mois qu'on se fréquente à ce moment-là, et je n'ai jamais rien dit, jamais rien demandé de plus que du respect et de la transparence. Et toi, qu'est-ce que tu fais ? Qu'est-ce que tu fais, alors que je viens de passer deux mois à ramener mon cul en prison pour voir ta gueule ?
Jamais tu ne m'as dit merci. Jamais.

Et malgré tout ça, j'ai continué à ne rien dire. Aujourd'hui encore je ne dis rien, parce que j'essaie d'apprécier ce que tu veux bien me donner. Parce que je m'efforce de t'aimer bien. Parce que je m'efforce de me mettre à ta place.
Mais et moi, qui se met à ma place ? Qui se met à ma place ? Pas toi, de toute évidence.
Je ne suis pas ton objet et c'est pour ça que c'est fini.

Il y a des fissures que l'on s'efforce de colmater. Des plaies que l'on ne prend pas le temps de soigner. C'est ce qui s'est passé avec lui. J'étais tellement en colère, tellement humiliée. J'ai voulu me convaincre que je ne l'aimais plus et que jamais de ma vie toute entière je ne revivrai pareille douleur une seconde fois. Mais c'est arrivé – tu m'es tombé dessus. L'ouragan.
Je ne le désaimerai pas lui, je ne te désaimerai pas toi. Je ne le peux pas. Ça non. Je crois que c'est impossible. Et ce n'est pas grave. L'Amour est la plus belle chose qui nous ait été donnée de ressentir. Je suis reconnaissante qu'il m'ait été donné de vous aimer. Lui, et puis toi. C'est si beau, et il faut savoir vivre avec. En attendant de rencontrer cet autre que l'on aimera davantage. Cet autre qui prendra toute la place pour de bon. Peut-être.

Mais je ne veux pas d'un autre. Il n'y a pas d'espace pour ça. Personne n'en veut lorsque la plaie est encore toute béante. Et puis, c'est si confortable. Si confortable. C'est ce que je sais faire de mieux. Me draper dans la douleur. Dans la douleur qui ne vient pas d'ailleurs que de celui qui en souffre – c'est ce que je suis. Le bourreau et la victime. Moi aussi, le poison et l'antidote. Les véritables.

J'aime ça. La souffrance. Parce que j'ai cette impression, qui ne me quitte pas, que depuis toujours –

depuis longtemps – je n'ai rien connu d'autre. Vis-à-vis de moi.

C'est un processus pervers que celui de se détester à tout prix. Le bourreau et la victime. Tout est travesti, tout est biaisé par ce qui se passe dans la tête. Il y a ce qu'on se persuade que l'on est. Et puis la version meilleure de ce monde. La version meilleure de la personne que nous sommes. C'est un labyrinthe transformé en dédale. On ne s'y retrouve plus, on s'est perdu, alors on reste près du feu qui nous éclaire. Notre colère. Notre subjectivité. On alimente tout ça. On en prend soin. Parce qu'on a tellement peur que ça s'éteigne. On a tellement peur du noir. Peur de ce qui resterait après ça. Ce qui resterait de nous. Ce que nous serions sans cela – rien.

Mais il y a quelque chose que l'on ignore. Il nous aurait suffi de lever la tête.

et il y aurait eu les étoiles
qui étaient là avant nous
qui continueront de briller
bien plus longtemps
que ce que nous vivrons
alors nous ne sommes soudain plus un monstre,
qui prend toute la place ;
nous sommes cette créature minuscule
face à ces possibilités
qui se déploient à l'infini
tout autour de nous,
en permanence,
depuis le début

rien ne nous retient,
rien ne nous tient de rester
là où l'on a toujours été
et il faut savoir dépasser la nuit
pour voir ce qui nous attend,
ce qui réellement n'attend que nous
il nous faut apprendre qu'il y a toujours une beauté à apprécier
dans les moments les plus sombres de l'existence
et comprendre que toujours
il y a la lumière
au bout du tunnel.

Car ce n'est pas un abysse dans lequel on s'est jeté à corps perdu. Ce sont des œillères que l'on s'efforce de porter, et qui nous empêchent de voir qu'il y avait juste là, tout autour de nous, quelque chose de meilleur que ce que l'on s'est autorisé à connaitre.
Mais si je suis l'obstacle au meilleur, alors peut-être que cet autre, c'est moi aussi.
Mais qui suis-je ? Qui suis-je. Qui suis-je.
Il faut que je parte à ma rencontre. Il me faut me retrouver. Il me faut me trouver.

***

C'est si difficile de te résister. Mais il faut que je me trouve. Je dois m'éloigner de tout ça. De mon passé. De la douleur. De toi. J'en ai besoin.
J'ai les larmes aux yeux. Parce que j'ai besoin de toi. Juste de toi, à mes côtés. J'ai besoin de ta sagesse, de ta folie, de tes yeux, de ton sourire, de ton odeur. J'ai besoin de toi mon Amour. De toi au creux de moi. Pour

que mon cœur batte de nouveau. Ou bien pour qu'il se calme lorsqu'il est trop agité. Mais la réalité, c'est que toi, toi, tu ne veux pas de moi.

Alors ça s'est transformé en un appel qui vient des tripes – il *faut* que ça se finisse.

Je dois apprendre à me connaitre, je dois me rencontrer. Au moins essayer. Car si tu ne peux pas – comme tu ne *veux* pas – être cet autre, alors il faut que je le sois, moi.

C'est un défi fou que de vouloir m'aimer.

Mais, mon Amour, tu as dit que je pouvais déplacer des montagnes si j'en avais l'envie. Et aujourd'hui, j'ai envie de m'aimer. Voilà ce défi fou. Il le faut.

M'aimer pour rester en vie.

M'aimer pour arrêter de sombrer.

M'aimer, *moi*, après avoir souffert, pour un peu me rapprocher des étoiles.